Rapin (A)

1890 - Mai - 9

272

AF620399

VENTE DE BIENFAISANCE

ORGANISÉE

par l'Association des Artistes Peintres, Sculpteurs Dessinateurs, Architectes, etc.

AU PROFIT

DE LA VEUVE ET DES ENFANTS

du peintre

A. RAPIN

CATALOGUE

DE

TABLEAUX

AQUARELLES

DESSINS, SCULPTURES, ETC.

Offerts par les artistes

A la veuve et aux enfants du peintre

A. RAPIN

DONT LA VENTE AURA LIEU

HOTEL DROUOT, SALLE N° 8

Les Vendredi 9 et Samedi 10 Mai 1890

à 2 heures 1/2 précises

Par le Ministère de **Me LÉON TUAL,** commissaire-priseur

56, rue de la Victoire, 56

Assisté de **M. BERNHEIM jeune,** expert

8, rue Laffitte, 8

Avec le concours de **M. BOUSSATON,** délégué de l'association

---

EXPOSITIONS

PARTICULIÈRE : *Le Mercredi 7 Mai 1890, de 1 h. 1/2 à 5 h. 1/2*

PUBLIQUE : *Le Jeudi 8 Mai 1890, de 1 h. 1/2 à 5 h. 1/2*

CONDITIONS DE LA VENTE

La vente sera faite *expressément* au comptant.

Les acquéreurs payeront, en sus des adjudications, *cinq pour cent* applicables aux frais de la vente.

ORDRE DES VACATIONS

Le Vendredi 9 mai 1890, Tableaux.

Le Samedi 10 mai 1890, le restant des Tableaux, Aquarelles, Dessins, Sculptures, etc.

Paris. — Imp. de l'Art, E. Ménard et Cie, 41, rue de la Victoire.

DÉSIGNATION

ADAN
(ÉMILE)

1 — *A la fenêtre.*

Pastel.

ADELSWARD
(G. D')

2 — *Falaises, à Étretat.*

ALLONGÉ
(AUGUSTE)

3 — *Un Sentier, à Marlotte (Seine-et-Marne).*

Aquarelle.

ANONYME

4 — *Tête d'étude.*

APPIAN

5 — *Environs de la Seyne, au Brusc (Var).*

ARCOS

(SANTIAGO)

6 — *La Vallée de Campan.*

ARMAND-DUMARESQ

7 — *En reconnaissance.*

AROSA

(Mlle MARGUERITE)

8 — *Lisière de bois.*

ART

(L')

Revue bi-mensuelle illustrée.

9 — *Les six premiers volumes de la Revue Universelle illustrée.*

10 — *La Troisième Invasion*, par Eugène Véron, 2 volumes in-8°.

11 — *Le Livre de Fortune*, par Jean Cousin, 1 volume in-4° de la *Bibliothèque internationale de l'Art.*

ARUS

12 — *Sujet militaire.*

AUGUIN

(LOUIS-AUGUSTIN)

13 — *Dune du littoral (Gironde).*

AUTEROCHE
(ALFRED)

14 — *Le Gué; paysage et animaux.*

AVIAT
(JULES)

15 — *Embouchure de la Gironde, à Royan.*
Étude.

BARILLOT
(L.)

16 — *Environs d'Ouistreham (Calvados).*

BARRIAS
(FÉLIX)

17 — *Le Jardin de la veuve.*

BEAUVAIS
(ARMAND)

18 — *Un Troupeau, à Cai olles.*

BEAUVERIE

19 — *Embouchure du Furan, dans la Loire.*

BELLANGÉ
(HIPPOLYTE)

20 — *Deux pages de croquis militaires, études diverses.*
Dessins offerts par M. Eugène Bellangé.

BENNER
(EM.)

21 — *Jeune Fille assise.*
Dessin.

BENNER
(J.)

22 — *Fleurs.*

BÉRAUD
(JEAN)

23 — *Arlequine.*

BERCHÈRE
(W.)

24 — *Au Fayoum (Égypte).*

BERNIER
(CAMILLE)

25 — *Étang de Quimerc'h.*

BERTHÉLEMY
(P. E.)

26 — *Mer houleuse.*

BERTHÉLEMY
(V. E. fils)

27 — *Une Rue, à Tailleville (Calvados).*

BERTHELON
(EUGÈNE)

28 — *Le Petit bras de la Seine, à Poissy* (*Seine-et-Oise*).

BLANCHARD
(J.)

29 — *L'Agriculture.*
Esquisse.
Terre cuite.

BLUM
(MAURICE)

30 — *Matinée au cirque.*

BOISSEAU
(ÉMILE)

31 — *Amour captif.*
Statuette en terre cuite.

BOMBLED
(CH.)

32 — *En reconnaissance.*

BONHEUR
(ISIDORE)

33 — *Étude de vache.*
Bronze.

BONNAT

34 — *La Cruche cassée.*

BOUDOT
(L.)

35 — *Bords du Doubs, à Avannes.*

BOUGUEREAU
(WILLIAM)

36 — *Une Vocation.*

BOURDILLIAT
(A.)

37 — *Nesso; lac de Côme (Italie).*
Aquarelle.

BOURGES
(Mlle LÉONIDE)

38 — *Le Petit Blessé.*

BOUSQUET
(Mme HÉLÈNE DU)

39 — *Fleurs et nacre.*

BOUSSATON

40 — *Menton ; frontière d'Italie.*

BRACQUEMOND

41 — *Trois Canards.*

Dessin.

BRAMTOT

(A.)

42 — *Tête d'étude.*

BREST

(FABIUS)

43 — *Carrefour d'Eyoub, près Constantinople.*

BRETON

(JULES)

44 — *Paysanne.*

BRIELMAN

45 — *Le Pont de Bourget, à Saint-Amand-Montrond (Cher); temps pluvieux.*

BRILLOUIN

(GEORGES)

46 — *Truands.*

BROWNE

(Mme HENRIETTE)

47 — *Éventail.*

Aquarelle.

BUSSON
(CHARLES)

48 — *Bas-Vendômois; bord du Loir.*

BUTIN

49 — *Étude.*
Donnée par M. Roll.

CADELI
(ALBERT)

50 — *Effet de lune; paysage breton.*

CAIN
(GEORGES)

51 — *Tête d'étude.*

CARRIER-BELLEUSE
(Mme veuve)

52 — *Une terre cuite.*

CESBRON
(ACHILLE)

53 — *Bouquet de jonquilles.*

CHAIGNEAU

54 — *Moutons au repos.*
Eau-forte originale, avec remarque, sur parchemin.

CHAPLIN
(CH.)

55 — *Un dessin sanguine.*

CHAVET
(VICTOR)

56 — *Le Mont Blanc (vue du col de la Faucille).*

CICERI
(EUGÈNE)

57 — *Sous bois.*

CHAPU

58 — *Buste de Jeanne d'Arc.*
Marbre.

CLAIRIN
(GEORGES)

59 — *Une Vue d'Alicante (Espagne).*
Aquarelle.

CLAUDE
(EUG.)

60 — *Coquelicots de jardin.*

COLIN
(PAUL)

61 — *Lisière de bois.*
Étude.

COLLIN
(RAPHAEL)

62 — *Fin d'été.*

CORMON
(F.)

63 — *Une Tête de femme.*

COURANT
(MAURICE)

64 — *Matinée brumeuse.*

COUTURIER
(LÉON)

65 — *Un Village kabyle ; Exposition Universelle.*
Dessin.

66 — *Arabes sous la tente; Exposition Universelle.*
Dessin.

COUTURIER
(PHILIBERT L.)

67 — *Canards et canetons.*

CURZON
(A. DE)

68 — *Bords de l'Auzance, près Poitiers.*

DAGNAN

(B.)

69 — *Une Apprentie.*
Pastel.

DANTAN

(E.)

70 — *Un Albinos.*

DAUMONT

(E.)

71 — *La Vallée de Münster (Alsace)*, d'après *Français.*
Eau-forte. Épreuve sur Japon. Signée.

DELOBBE

(A.)

72 — *La Cruche cassée.*

DELORT

(CH.)

73 — *Fille de basse-cour.*

DELPY

74 — *Soleil couchant, près Mantes.*

DEMONT

75 — *Bord de mer.*

DEMONT-BRETON
(Mme VIRGINIE)

76 — *Le Pain.*

DESBROSSES
(JEAN)

77 — *Les Prés de Sallanches.*

DETAILLE
(ED.)

78 — *Un dessin.*

DESGOFFE
(B.)

79 — *Objet d'art.*

DIDIER
(AD.)

80 — *L'Ame*, d'après *Prud'hon.*
Gravure au burin. Épreuve d'artiste.

DOYEN
(G.)

81 — *Rêverie.*

DRAMARD
(GEORGES DE)

82 — *Le Pouliguen : marine.*

DUBOIS
(ALPHÉE)

83 — Un cadre contenant neuf médailles ou médaillons en bronze.

DUFOUR
(CAMILLE)

84 — *Pont-de-l'Arche* (*Eure*).

DULZSCHHOLD
(H.)

85 — *Une Rue, aux Martigues* (*Provence*).

DUPRÉ
(JULIEN)

86 — *Dans une prairie.*

DURST
(A.)

87 — *La Causette dans la cour de ferme.*

FAIVRE-DUFFER

88 — *Diplomates.*
Aquarelle.

FANTIN-LATOUR
(H.)

89 — *Pêches.*

FEYEN
(E.)

90 — *Frileuse.*

FICHEL
(EUGÈNE)

91 — *Un Soldat de garde.*

FLAMENG
(AUG.)

92 — *En rade de Bordeaux.*

FOUACE
(GUILLAUME R.)

93 — *Nature morte.*

FOUBERT
(E.)

94 — *Les Bords de la Seine, à Pont-de-l'Arche, près Rouen.*

FRANÇAIS

95 — *Le Soleil couchant, au Bas-Meudon.*

FRÈRE
(CH. ED.)

96 — *Dans la prairie.*

FROMENT
(EUGÈNE)

97 — *Un Plat décoratif.*
Faïence.

GAGLIARDINI

98 — *Un Chemin, à Gallier-Pont (Var).*

GALERNE
(P.)

99 — *Une Rue, à Châteaudun (Eure-et-Loir).*

GASSIES
(GEORGES)

100 — *Soleil couchant.*
Aquarelle.

GAUDEFROY
(ALPHONSE)

101 — *Le Vin nouveau.*

GAUTHERIN

102 — *Une Mariée au Moyen-Age.*
Terre cuite originale.

GAUTIER
(AMAND)

103 — *La Promenade du matin.*
Aquarelle.

GÉLIBERT
(JULES)

104 — *Renard pendu.*

GÉROME
(LÉON)

105 — *Une Orientale.*

GIACOMELLI
(H.)

106 — *Oiseaux dans la neige.*
Aquarelle.

GIACOMOTTI
(FÉLIX)

107 — *Jeune Pifferaro.*

GILBERT
(VICTOR)

108 — *Étude dans le port de Trouville.*

GLAIZE
(LÉON)

109 — *Étude.*

GOUBIE
(R.)

110 — *Chasse perdue.*

GRANDCHAMP
(L. E. PINEL DE)

111 — *Cour de ferme en Bourgogne.*

GRANDSIRE

112 — *Vue de Pont-Aven (Finistère).*

GROLLERON
(P.)

113 — *Officier de mobile.*
Aquarelle.

GUAY
(GABRIEL)

114 — *Le Violoneux.*

GUELDRY
(F.)

115 — *Étude.*

GUÉRY
(ARMAND)

116 — *Automne, à Garches.*

117 — *Village d'Orainville, en Champagne.*

GUILLEMET
(A.)

118 — *Le Coup de vent.*

GUILLOU
(ALFRED)

119 — *Marine.*

HADENGUE

120 — *Temps de pluie.*

HAQUETTE
(GEORGES)

121 — *Retour de la marée.*

HARPIGNIES

122 — *Souvenir de Briare (Loiret).*
Aquarelle.

HÉBERT
(E.)

123 — *Médée.*

IWILL

124 — *Septembre; Concarneau.*

JACOMIN
(Mlle MARIE-EMMA)

125 — *Paysage.*

JAPY
(L.)

126 — *Soleil couchant.*

JOUBERT
(LÉON)

127 — *Paysage.*

JUNCKER

128 — *Fin du jour.*

Dessin au noir à l'huile.

KAEMMERER

129 — *En retard.*

KREYDER
(A.)

130 — *Roses.*

LALOBBE
(ALEXANDRE DE)

131 — *Maisons par un temps de neige.*

LANDELLES
(E. DES)

132 — *Graisset.*

LAPOSTOLET
(CHARLES)

133 — *Marine; environs de Rouen.*

LAUGÉE
(DOMINIQUE)

134 — *Halte à la montée.*

LAURENS
(JEAN-PAUL)

135 — *La Piscine Mirabile.*
Dessin.

LAYNAUD
(E.)

136 — *Vue de la baie du Croisic (Seine-Inférieure).*

LECOMTE
(PAUL)

137 — *Effet de neige.*

LEFEBVRE
(JULES)

138 — *Diane.*

LELOIR
(A.)

139 — *Sarah la baigneuse.*

LELOIR
(MAURICE)

140 — *Peintre d'histoire.*

LELEUX
(ADOLPHE)

141 — *Famille du sabotier (Basse-Bretagne).*

LEMAIRE
(Mme MADELAINE)

142 — *Aquarelle.*

LE SÉNÉCHAL DE KERDRÉORET

143 — *Le Bassin du Commerce (Lorient).*

LE VILLAIN
(AUGUSTE-ERNEST)

144 — *Bord de Seine, à Melun.*
Aquarelle.

LÉVY
(ÉMILE)

145 — *Tête de jeune fille italienne.*
Pastel.

LIGNIER
(JAMES)

146 — *Vieux Canal.*
Étude.

LIOT

147 — *Environs de Moret (Seine-et-Marne).*

LOBRICHON
(T.)

148 — *Quand on n'a pas ce que l'on aime...*

LUMINAIS

149 — *Gamin et son chien.*

MACHARD
(JULES)

150 — *Buste de jeune fille.*
Pastel.

MAIGNAN
(ALBERT)

151 — *Temps gris.*

MATHEY
(P.)

152 — *La Vieille Écluse, à Grandcamp.*

METZMACHER

153 — *La Cigale.*
Dessin.

MONGINOT
(CH.)

154 — *Le Déjeuner de bébé.*

MOUCHOT
(LOUIS)

155 — *Venise ; canal Grande ; entrée de la Casa.*

156 — *Bords du Nil (Haute-Égypte).*
Dessin.

MOUCHOT
(LUDOVIC)

157 — *L'Aube.*
Figure.

MOUILLARD
(L.)

158 — *Armée d'Afrique, en 1844.*

MOULIGNON
(LÉOPOLD DE)

159 — *La Ronde des Quatre Saisons.*
Esquisse.
Aquarelle.

MUNIER
(E.)

160 — *Dans la montagne (Auvergne).*
Tous droits réservés.

MURATON
(EUPHÉMIE)

161 — *Pêches.*

NOZAL
(A.)

162 — *Le Printemps, près les Andelys (Eure).*

PASINI

163 — *L'Attente ; souvenir d'Orient.*

PÉCRUS

164 — *Fleurs des champs.*

PELOUSE

165 — *Inondations du Doubs.*

PENNE
(OLIVIER DE)

166 — *Un Valet de chiens.*
Aquarelle.

PÉRAIRE
(P.)

167 — *Le Port de Dordrecht (Hollande) ; soleil couchant.*

PERRAULT
(LÉON)

168 — *L'Enfant au chat.*
Dessin.

PERRET
(AIMÉ)

169 — *La Plaine de Cermoise (Seine-et-Marne).*

PIERDON
(FRANÇOIS)

170 — *Paysage.*

PILLE
(H.)

171 — *Don Quichotte et Sancho Pança.*

POILPOT

172 — *Barques de Trouville.*

POINTELIN
(A.)

173 — *Le Soir, à Villeneuve-d'Amont.*

PRINCETEAU
(RENÉ)

174 — *Cheval.*

RAYNAUD
(A.)

175 — *Clémence Isaure.*

RIBOT

176 — *La Couture.*

RIXENS

177 — *Rieuse.*
Dessin.

ROBINET
(PAUL)

178 — *Un Matin, dans la vallée d'Engelberg.*

ROSIER
(A.)

179 — *La Douane de mer, à Venise, le soir.*

ROTHSCHILD
(Mme la baronne NATHANIEL DE)

180 — *Bateaux pêcheurs ; Burano.*
Aquarelle.

ROUART
(HENRI)

181 — *Argelès de Bigorre.*
Aquarelle.

ROUX
(PAUL)

182 — *Une Vue du Parc Monceau.*
Aquarelle.

RUDAUX
(EDMOND)

183 — *Fleurs des champs.*

SAIN
(ÉDOUARD)

184 — *Nymphe pleurant.*
Pastel.

SAINTPIERRE
(G.)

185 — *Tête de femme.*
Costume arabe.

SCHREIBER
(CHARLES)

186 — *Jeune Bretonne tricotant.*

SEBILLEAU
(P.)

187 — *Les Dunes, à Soulac (Gironde).*

SMITH
(ALFRED)

188 — *Au printemps.*

SOYER
(PAUL)

189 — *Paysanne.*

TATTEGRAIN
(F.)

190 — *Chasse au marais.*

THOREN
(MAURICE DE)

191 — *Dans les Ardennes.*

VALADON
(JULES)

192 — *Fleurs.*

VEYRASSAT
(J.)

193 — *Chevaux à la rivière.*

WALTNER
(CH.)

194 — *Comtesse de Bark*, d'après *H. Regnault.*
Eau-forte. Deux épreuves.

WALTNER
(CH.)

195 — *Musique sacrée*, d'après *Delaplanche.*
Eau-forte. Deux épreuves.

WATELIN
(L. V.)

196 — *Pâture normande.*

WEILER-RECHTEN
(Mme la baronne de)

197 — *Femme bretonne avec son enfant.*

WORMS

198 — *Espagnole.*
Aquarelle.

YON
(EDMOND)

199 — *Le Pont-Neuf; temps de pluie.*

ZUBER

200 — *Paysage.*

www.ingramcontent.com/pod-product-compliance
Ingram Content Group UK Ltd.
Pitfield, Milton Keynes, MK11 3LW, UK
UKHW032025260826
14628UKWH00006B/2735

9 782329 462332